Marco Túlio Costa

Ilustrações
Omar Sánchez

Mágica para cegos
Contos e contracontos

Coleção Jabuti

1ª edição
2ª tiragem
2021
Conforme a nova ortografia

Editora Saraiva

Editora Saraiva

R. Henrique Schaumann, 270
CEP 05413-909 – Pinheiros – São Paulo-SP
Tel.: PABX (0**11) 3613-3000
Fax: (0**11) 3611-3308
Televendas: (0**11) 3613-3344
Fax Vendas: (0**11) 3611-3268
Atendimento ao Professor: 0800-0117875
Endereço Internet: www.editorasaraiva.com.br
E-mail: atendprof.didatico@editorasaraiva.com.br

Revendedores Autorizados

Aracaju: (0**79) 3211-8266/3211-6981/3213-7736
Bauru: (0**14) 3234-5643/3234-7401
Belém: (0**91) 3222-9034/3224-9038/3241-0499
Belo Horizonte: (0**31) 3429-8300/3429-8310
Brasília: (0**61) 3344-2920/3344-2951/3344-1709
Campinas: (0**19) 3243-8004/3243-8259
Campo Grande: (0**67) 3382-3682/3382-0112
Cuiabá: (0**65) 3901-8088/3901-8087/3901-8089
Curitiba: (0**41) 3332-4894
Florianópolis: (0**48) 3244-2748/3248-6796
Fortaleza: (0**85) 3238-2323/3238-1331
Goiânia: (0**62) 3225-2882/3212-2806/3224-3016
Imperatriz: (0**99) 3525-2913
João Pessoa: (0**83) 3241-7085/3222-4803
Londrina: (0**43) 3322-1777
Macapá: (0**96) 3223-0706/3223-0715
Maceió: (0**82) 3221-0825
Manaus: (0**92) 3633-4227/3633-4782
Natal: (0**84) 3611-0627/3211-0790/3222-1158
Porto Alegre: (0**51) 3371-4001/3371-1467/3371-1567
Porto Velho: (0**69) 3223-2383/3221-2915/3221-0019
Recife: (0**81) 3421-4246/3421-4510
Ribeirão Preto: (0**16) 3610-5843/3610-8284
Rio Branco: (0**68) 3224-3125/3224-7094/3224-3432
Rio de Janeiro: (0**21) 2577-9494/2577-8867/2577-9565
Salvador: (0**71) 3381-5854/3381-5895/3381-0959
Santarém: (0**93) 3523-6016/3523-5055
São José do Rio Preto: (0**17) 3227-3819/3227-0982/3227-5249
São José dos Campos: (0**12) 3921-0732
São Luís: (0**98) 3243-0353
Serra: (0**27) 3204-7474/3204-7483
Teresina: (0**86) 3221-3998/3226-1956/3226-1125
Uberlândia: (0**34) 3213-5158/3213-6555/3213-4966

Gerente editorial: ROGÉRIO CARLOS GASTALDO DE OLIVEIRA
Editora-assistente: KANDY SGARBI SARAIVA
Coordenação e produção editorial: TODOTIPO EDITORIAL
Assistência editorial: TATIANE GODOY e ISADORA PROSPERO
Preparação de texto: JOSÉ MUNIZ JR.
Auxiliares de serviços editoriais: RUTE DE BRITO e MARI KUMAGAI
Suplemento de atividades: MIRACI TAMARA CASTRO
Revisão: BÁRBARA PRINCE e DANILO NIKOLAÍDIS
Produtor gráfico: ROGÉRIO STRELCIUC
Projeto gráfico e capa: DANIELA ROCHA
Gerente de arte: NAIR DE MEDEIROS
Impressão e acabamento: VOX GRÁFICA

Dados Internacionais de Catalogação na Publicação (CIP)
(Câmara Brasileira do Livro, SP, Brasil)

Costa, Marco Túlio
Mágica para cegos : contos e contracontos / Marco Túlio Costa ; ilustrações de Omar Sánchez. — 1. ed. — São Paulo : Saraiva, 2011. (Coleção Jabuti).

ISBN 978-85-02-13384-6 (aluno)
ISBN 978-85-02-13383-9 (professor)

1. Contos — Literatura infantojuvenil. I. Sánchez, Omar. II. Título. III. Série.

11-05597 CDD-028.5

Índices para catálogo sistemático:
1. Contos : Literatura infantojuvenil 028.5
2. Contos : Literatura juvenil 028.5

Sumário

Sobre a minha Inexistência

Não faz muito tempo fui morar numa rua onde havia um louco, desses inofensivos, fechados em seu mundo de repolho. Era meu vizinho, mas eu ignorava seu nome. Algumas vezes, ouvi os moleques do bairro fazendo chacotas enquanto passavam à distância. Deram-lhe o apelido de Vopulá, e eu não sabia por quê.

Ao amanhecer ele podia ser visto na pequena praça, em frente à minha casa. Alguém da família o colocava ali para tomar ar fresco e um pouco de sol. Onde o punham ele permanecia, preso por uma força desconhecida. Mexia apenas os braços. Horas depois, alguém vinha, falava mansamente em seu ouvido e o levava de volta à casa. Parecia flutuar.

De longe, pela janela, eu observava seus estranhos movimentos. Ele mantinha os braços um pouco à frente do corpo encurvado e às vezes os abria um pouco mais, para o lado, com as mãos espalmadas. Gestos sempre vagarosos.

Foi numa segunda-feira, quando saí para pegar um jornal na banca, que encontrei Vopulá perto de um dos bancos da praça. Sentei-me e comecei a folhear as páginas de classificados do jornal – mas só até a presença do louco tornar-se mais atraente que as ofertas.

Estando mais perto que de costume, pude perceber que ele mantinha os olhos fechados e resmungava uma inescrutável ladainha enquanto varria o vazio ao seu redor com as mãos espalmadas. Levantei, aproximei-me dele, e meus ouvidos tentaram garimpar alguma palavra que fizesse sentido.

– O que o senhor está dizendo? – perguntei em voz baixa, desistindo do exercício de decifrador.

Ele se voltou com um sorriso torto. Abriu os olhos e fixou em mim um olhar nublado.

– Deus é clemente.

– Ah... – murmurei.

– E o senhor, é um anjo ou uma pessoa comum? – indagou, para minha surpresa.

– Sou seu vizinho.

Ele sorriu, balouçou a cabeça e movimentou os braços como se fosse perder o equilíbrio.

– Você não existe, na verdade – afirmou. – Mas Deus é infinitamente bom.

Fiquei intrigado com a afirmação. E tornei:

– Claro que existo. Sou seu vizinho – repeti, dobrando o jornal e colocando-o sob o braço. – Existo como você existe.

O lamento de Vopulá aumentou, o que me deixou apreensivo. Sem querer, eu o teria provocado, ferido sua lógica, ultrapassado algum meridiano de sua sanidade? Olhei em direção à casa dele, temendo que alguém surgisse para me repreender. Mas logo ele voltou ao normal e retomou a palavra.

– Sabe quem eu era? Eu era um sujeito muito temido...

– Era? Era quando?

– Antes da minha infinita queda.

Voltei a sentar no banco e o observei por alguns instantes. Ele não se perturbou com meu afastamento, assim como não havia se alterado com minha impertinência.

– Você caiu e bateu com a cabeça, foi isso?

Sem girar o corpo, Vopulá deitou a cabeça num invisível travesseiro, voltando-a para mim.

– Não, homem comum. Eu disse que minha queda ainda

não acabou. Eu não bati a cabeça em nada. Vou dizer a você o que aconteceu: eu sofri uma queda. Fui empurrado da sacada de um apartamento, num edifício no centro da cidade. A verdade só me será revelada quando eu chegar ao fim da queda, quando eu morrer de verdade.

Ele permanecia impassível, o corpo balouçando.

– Não entendo – respondi.

– Deus é de uma bondade infinita. Quando me jogaram do prédio, eu estava condenado. Mas o Senhor enviou um anjo que me disse o seguinte: "pense em toda a sua vida, arrependa-se de seus erros". Eu pensei comigo: tantos erros cometi, tantos crimes. Como poderia passar minha vida a limpo antes de cair nas pedras do calçamento e me transformar numa massa retorcida de ossos quebrados e sangue? O anjo explicou: "você cairá, mas no tempo de Deus. O tempo de Deus é o tempo necessário a cada uma das coisas. Até se arrepender, você permanecerá em queda".

Entendi então por que Vopulá mantinha o corpo naquela posição, os braços abertos e arqueados, as mãos espalmadas. Estava caindo, caindo infinitamente. Precipitando-se num poço de loucura.

– E como explica eu aqui, conversando com você, se você está caindo de um prédio neste exato momento? Será que também estou caindo?

Ele mantinha a cabeça deitada em minha direção. Fechou os olhos.

– Responda-me você, homem comum.

– No momento, estou lendo jornal numa praça. Procuro um carro em bom estado pra comprar.

– Deus me falou sobre você.

– Ah, é? E o que Ele disse?

– O anjo do Senhor disse que o longo tempo da queda poderia me enlouquecer, que eu poderia perder o sentido das coisas, me esquecer da minha penitência. Por isso me preveniu de que eu ouviria vozes. Vozes como se fossem de parentes, amigos, vizinhos. Deus criaria pra mim uma miragem de vida, uma ilusão que me confortaria.

– Então eu faço parte da sua ilusão – concluí.

– Deus é pura compaixão. Ele me deitou numa nuvem enquanto caio. Criou uma cidade, um lar, pessoas que dizem ser meus parentes. Uma até diz ser minha filha. Eles me tratam como se eu fosse louco. Como se estivesse com eles. Tudo miragem.

Ficou lá, calado, indiferente a meu silêncio reflexivo.

– Então eu não existo.

– Não, não existe. Mas Deus faz você crer que sim. Nem mesmo um pensamento, uma simples miragem como você, escapa à bondade Dele. E, pra você não se sentir uma triste fantasia, Deus misericordioso permite que você pense ter vida própria, que imagine ser um homem comum.

A filha veio buscar Vopulá para o almoço. Eu ainda estava lá, alternando minha atenção entre descrições de carros usados e a teoria daquela criatura que flanava entre dimensões.

Então, eu não existia. E confesso que da terça-feira em diante todos os meus raciocínios me prendiam àquela história da qual eu só ouvira uma parte. Um homem temido, certo dia, saltara ou fora empurrado da sacada de um edifício.

Foi assim, amarrado a esse absurdo, que fiz uma busca no arquivo do jornal que costumava ler todos os dias. Não sabia bem o que pedir. Apenas disse à arquivista que eu procurava notícias sobre um homem que fora jogado ou saltara da sacada de um edifício localizado no centro da cidade. A princípio, essa ocupação parecia sem sentido, mas depois acabei dando razão a mim mesmo. Quem sabe ele tivesse sido testemunha de um crime, quem sabe sofresse o trauma de perder um ente querido exatamente da forma como descrevia a própria queda.

Isso me tomou três dias. Não encontrei nada. No final de semana, lá estava Vopulá na praça, indiferente aos pombos que o tratavam como a uma estátua. Causei revoada quando fui perguntar:

– Como foi que aconteceu? Sua queda, Vopulá, como foi?

– Sei que eu era poderoso, já disse. Estava na sacada de um apartamento, contando um grosso maço de dinheiro, quando alguém me empurrou. Era um homem a quem causei grande tristeza. – E calou-se.

– Por que ele estava triste com você?

– Se eu pudesse evitar tudo aquilo... – murmurou, movimentando os braços para se equilibrar.

Dias depois, o horror: encontrei-o estampado na primeira página do jornal. O corpo aberto sobre o asfalto. Morte instantânea, misteriosa. Nenhuma explicação para a tragédia. No prédio de onde supostamente caíra, nenhum dos moradores o conhecia. Fizeram perícia em todos os andares, analisaram sacadas, parapeitos, janelas. Inclusive nos apartamentos desocupados.

Eu esperava o ônibus num ponto quando meu celular tocou. Era a arquivista do jornal. A voz era da própria desconfiança e, depois, da acusação.

– Peguei seu telefone na ficha. O senhor já leu o jornal de hoje, é claro. Achei estranha a coincidência.

– O que você quer dizer?

– O senhor vem aqui, passa dias pesquisando um suposto suicídio ou assassinato. Daí, um homem cai ou é atirado de um prédio. Aconteceu exatamente como o senhor disse ter ocorrido.

– Também estou desconcertado. Ele era meu vizinho.

– O senhor mora no prédio, então.

– Não, ele não morava no prédio.

– A polícia está investigando um apartamento que está

fechado há dois anos. O proprietário estava desaparecido. Falei sobre o senhor.

– Mas... o que eu tenho a ver com isso?

– O senhor acabou de dizer que a vítima era seu vizinho. O senhor conhecia o homem. Aí ele se esborracha no asfalto. Como explica que estava procurando notícia de uma tragédia antes que ela acontecesse? Eu não acredito que seja um vidente, mas pode ser um maníaco.

– Que história é essa?

O ônibus chegou. Entrei, passei pela catraca, sentei-me à janela e minha cabeça se perdeu entre ruas e viadutos de pensamentos. Desci depois de uma eternidade e segui caminhando para casa. Meu celular tocou de novo. Número desconhecido, eu temia que fosse a polícia. O que eu tinha a ver com tudo aquilo? Como fui me meter numa história sem pé nem cabeça? Um louco na praça, uma vítima no asfalto, sangue na primeira página, e eu, um suspeito voltando para casa. Cheguei à pracinha e senti um arrepio na espinha. Vopulá.

Atravessei a rua. Vopulá estava sentado no banco, jornal dobrado sobre as pernas. Olhava com ar distraído duas crianças pequenas que brincavam com uma bola colorida sobre a grama do canteiro. O trânsito. Os pássaros. As vozes.

Minha cabeça chegou à praça depois do meu corpo. Eu estava parado diante do louco, eu o reconhecia, mas tudo estava diferente.

Eu me aproximei. Vopulá percebeu e me encarou. Tinha outro olhar. Mas era ele, tinha de ser ele. Depois desviou os olhos para o jornal. Lá estava a manchete, que ele lia com interesse.

Fui até a banca e perguntei ao jornaleiro se ele conhecia a vítima da misteriosa tragédia. Ele deu com os ombros. Insisti, perguntando se não era um louco que morava ali perto. Sua família o deixava tomar sol na praça. Não, nunca vira ninguém assim na praça. Como não? Minha cabeça fervilhava.

Atravessei a rua, fui até a casa de Vopulá. Tinha ares de abandono. O pequeno portão quase caiu quando puxei o trinco. Bati à porta, mas, pela quantidade de poeira e de correspondências amareladas pelo tempo, enrugadas pela chuva, dava para perceber que a casa estava fechada fazia semanas, meses.

Eu me sentia estranho. Um toque insistente de telefone era a trilha sonora da cena. Uma rua, uma praça onde um homem lê jornal. Crianças brincando sobre a grama. Minha mente perdida não comandava meu corpo, que parecia flutuar como um balão conduzido pela mão de alguém. Eu me sentia desamparado, e a vertigem me fez abrir os braços para buscar equilíbrio. Ofegava. Estava de volta à praça, um pouco à frente do homem que lia jornal.

– Você não existe – minha boca falou, repetindo os ecos de uma revelação.

Ele abandonou a leitura e olhou-me intrigado.

– Como?

– Você não existe de verdade.

Senti paz e conforto. O telefone parou de tocar. E me recobrei daquele breve lapso de memória. Recuperara o equilíbrio. Sim. Por um momento eu acreditara ser morador de um bairro, um homem separado, distante dos filhos, funcionário de um escritório, um homem comum que pegava ônibus para voltar para casa todas as tardes e que procurava um carro em bom estado para comprar. Agora eu sabia que eram apenas as miragens que Deus me oferecera durante minha queda.

Ainda estou caindo. E, no momento, penso que escrevo.

O distrato

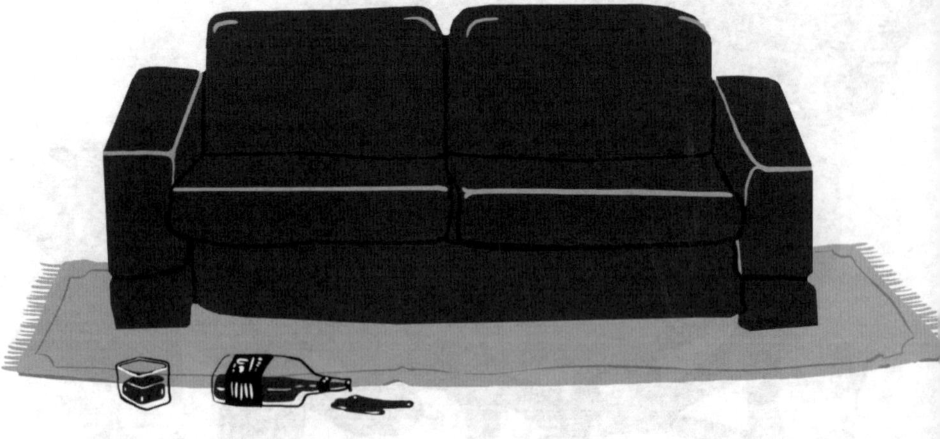

O destino é o mais refinado dos assassinos de aluguel. Naquela noite, vinte anos passados da morte de minha mulher, um homem bateu à minha porta. Pelo interfone, revelou-me sua identidade, disse que trazia notícias do passado. Enquanto ele subia pelo elevador, duas doses de uísque desceram pela minha goela.

O pesadelo jamais me abandonara. Dora me traía. Era o que eu pensava. Havia sutilezas em seu comportamento. Uma súbita jovialidade. O olhar vivo. No mais, parecia a mesma. Seria a mesma? Essa dúvida me consumia. Levou minhas palavras amenas, meu olhar cálido, meus gestos afáveis. O medo da verdade me perturbava. Ela notou meu comportamento esquivo. E me perguntava o que eu tinha. Eu respondia, aborrecido, que era cisma dela, só isso. Mas estava enlouquecido de ciúme.

A loucura me fez embarcar numa viagem, supostamente a negócios. Lá, as piores referências levaram-me a decidir por um matador.

Marquei com o facínora num bar. Cheguei antes e me sentei na mesa combinada. Ele me reconheceria também pela cor da camisa. Quando escureceu, o sujeito sentou-se sem me cumprimentar, serviu-se de cerveja, comentou sobre o tempo, depois puxou o assunto. Eu mal olhava para ele, uma sombra na contraluz. Melhor assim.

– Quem vai ser?

– Minha mulher está me traindo.

Perguntou de onde eu era. Eu disse.

– O mundo é pequeno – foi o que comentou, sem mais explicações.

Confirmou o preço combinado por telefone. Passei-lhe o envelope. Ele pegou, sem conferir o conteúdo, e colocou no bolso de trás da calça.

– Tem uma coisa – eu disse.

– As condições, eu entendo.

A cara vincada, barba por fazer, olhar de cisterna, um chapéu de aba quebrada sobre o cenho. Lembro como se fosse hoje. Era a própria morte respirando à minha frente, exalando um fartum de cachaça e cigarro.

– Não quero saber quando isso vai acontecer. Nunca. Deve parecer um acidente, um assalto, uma fatalidade qualquer. Eu amo essa mulher, vou sofrer muito. Mas não posso suportar a imagem, por mais embaçada que seja, dela com outro.

Ele se levantou.

– Você será surpreendido pela notícia. Poderá chorar desconsolado.

Dias de lesma. Tempo das águas. Eu enfiado no trabalho, despachando vendedores, compradores, gerentes de banco. As luzes da cidade distorciam-se na vidraça molhada do escritório, onde eu me enfiava cada vez mais, noite adentro, temendo o destino.

Quando eu chegava em casa, ela me parecia uma ninfa. A pele brilhava e seu aroma impregnava cada canto, cada objeto.

– Voltou tarde outra vez. Você não liga mais pra mim – disse-me, com palavras de mordaça.

Eu não sabia o que dizer. Sorria forçado, pelejando para negar toda aquela contradição.

– E você?

– Estive hoje fazendo umas visitas. Compras. O de sempre. A casa precisa de cuidados. E estou pensando em terminar a faculdade.

– Mas agora, tanto tempo depois? Você não precisa. Tem tudo o que deseja aqui.

Dora segurou meu rosto.

– Não, não tenho.

E só depois que se afastou, completou o pensamento:

– Você nem fica em casa.

Reclamava como se eu lhe fizesse falta. Telefonava-me no escritório para consultar minhas vontades. Preparava-me jantares e eu me fartava de dúvidas. Eu deveria ter investigado mais? Obtido um flagrante? O simples pensamento de uma foto comprometedora turvava minha vista. Melhor nem saber. Em tudo o que ela fazia havia uma imagem sobreposta: dissimulação.

Surpreendi Dora chorando. Inquiri. Nenhuma resposta. Coisa de mulher. Ansiedade, talvez. Eu sofria em pensar o que poderia ser. Estava desgostosa com o outro? Quem sabe sofresse por não estar com ele o tempo todo, como seria seu desejo.

Mas havia em meu peito outra força, um amor profundo que se debatia como pássaro caído em alçapão. E o que abriu a porta para que ele voasse livre foi a notícia do acidente. Um telefonema da Polícia Rodoviária. Quando saí do meu gabinete, os funcionários estavam perfilados, como estátuas, ao longo do caminho que eu deveria fazer até a rua. Dois subalternos se ofereceram para me acompanhar. Não sei o que lhes disse. Em instantes o motorista me deixou no local do acidente.

– Parece ter perdido o controle e caiu na ribanceira. Tem marca de pneu naquele ponto. Não sabemos ainda o que aconteceu. Pode ter se desviado de outro carro, de um animal...

Acidente? Ou uma situação armada, como eu havia encomendado? De onde ela vinha àquela hora do dia? Meus ouvidos se fecharam às teorias do acidente. Meus pensamentos voaram em busca de uma explicação a esta última pergunta: o que Dora fazia naquela estrada?

Procurei, entre os curiosos que haviam parado no acostamento, a figura do matador. Mas não estava certo de que o reconheceria.

Vinte anos se passaram sem que eu me livrasse daquela dúvida. Pior, não me livrara do amor, sentimento que se transfigurou em remorso. Quantas noites me entreguei ao pranto, me perguntando se deveria ter buscado a verdade. Se tivesse permitido ao ciúme se revelar, talvez ela pudesse ter se explicado. Algumas palavras poderiam ter sido suficientes para desembaçar meu raciocínio. Tivesse abandonado a razão e entregado meu destino ao amor, ela ainda estaria comigo.

A campainha tocou. Abri a porta. A mesma face sem meios-tons. O olhar noturno. A morte envelhecera, como eu.

– O que você quer?

Ele permaneceu de pé no meio da sala.

– Vim lhe contar como foi.

– Por que isso agora? Vinte anos. Eu não quero falar sobre isso.

– Mas eu quero. O mundo é muito pequeno – disse como da primeira vez, sem que fizesse sentido para mim. – Só havia uma coisa maior que sua paixão: o medo da verdade. Poupei-lhe esse dissabor.

– Passei vinte anos sofrendo com o amor e consumido

pela dúvida. E você aparece agora. Não acredito que tenha vindo me trazer conforto.

– Esse não é meu ofício. Mas a vida é o que é: você não teve parte na morte de sua esposa.

Uma dor imensa desgarrou-se do meu peito, saiu na forma de um urro. Por um átimo me senti completamente vazio. Aos poucos, enquanto eu engolia mais um trago, a voz do matador trouxe-me de volta ao apartamento.

– Eu tinha preparado uma situação, mas naquele dia o destino conspirou a seu favor. Ela tinha mesmo um amante.

Novo urro ecoou no vazio do meu peito.

– Enfim, a miserável revelação! – rosnou o animal que assumiu meu corpo.

– Pelo que vi, eles eram apaixonados.

– Como pode saber? – perguntei, a voz entre o ódio e a negação.

– Tenho minhas obsessões. Não mato apenas, mas me apodero da história das minhas vítimas. Preciso saber o que estou interrompendo. Dou um jeito de me aproximar. Observo. Embora nesse caso tenha sido muito diferente. O mundo é pequeno.

– O que quer dizer?

– É o que vim contar.

– Tem algo ainda mais terrível a dizer? Não me bastou ter a alma roída pelos cães famintos do remorso e da dúvida? Vinte anos no purgatório, pranteando em vão!

O matador seguiu a narrativa, imperturbável ao meu drama.

– Naquele dia, sua mulher estava decidida a pôr fim ao casamento. Estava transtornada com o ultimato que tinha recebido do amante. Ele era ciumento. Já não suportava saber que você podia tocar nela.

– E eu me culpei todos esses anos pela morte de uma inocente! – rosnei, olhos turvos, mãos crispadas.

Virei outro uísque. Fui até a sacada para respirar o ar da noite. Tudo o que consegui foi sorver a escuridão.

– Afinal de contas, o que você está fazendo aqui, se não é seu ofício fazer relatórios?

A sombra mexeu-se no meio da sala. Deu dois passos na minha direção.

– Sou um mosaico da maldade de todos aqueles que me encomendaram uma morte. Mas esse serviço foi diferente, aprendi sobre mim mesmo. Se resolvesse um dia me libertar do peso do meu passado, repartiria esse pão amargo, o sofrimento que me consumiu a vida inteira, com aqueles que me tornaram o que sou.

Virei-me na sacada, ele estava à minha frente, uma figura recortada na contraluz, como eu o havia visto pela primeira vez. Ri, sarcástico.

– Não vou sofrer por você. Um assassino de aluguel recebe pelo mal que faz. É o que é.

– Eu sei o que sou. Nesse caso, eu já disse, foi diferente. Recebi duas vezes.

O ruído da cidade lá embaixo ficou distante. Eu podia ouvir a respiração do sujeito diante de mim. Ansiedade.

– Minha fama me precede. Fui chamado a este lugar pra fechar um trato de morte. Quando você me procurou e disse de onde era, pensei se tratar do mesmo serviço. Mas era a história pelo avesso.

– O que você está me dizendo? – perguntei, ofegante.

– Dora me pagou pra matar você.

A revelação me empurrou dois passos para trás, até o parapeito da sacada.

– Isso nunca tinha acontecido. Não que me importasse em matar um e outro. Não posso me agarrar a questões sentimentais. Ossos do ofício. Mas passei todos esses anos atormentado. Sempre cumpri os contratos. Chame isso do

Coleção Jabuti

Mágica para cegos

Editora Saraiva

Marco Túlio Costa

Exemplar do Professor

Apreciando a Leitura

Bate-papo inicial

Os oito contos deste livro sugerem algo além do imediatamente visível: personagens comuns, loucos, mágicos, marginais e cegos enfrentam os desafios de uma realidade em que as fronteiras entre o cotidiano e o absurdo nem sempre estão delimitadas. As histórias estabelecem relações inesperadas entre si, e o que parece certo em uma narrativa é colocado em dúvida na outra: a personagem de um enredo reaparece mais à frente; o mistério de um conto se desvenda em outro... Esse diálogo instiga a imaginação do leitor e revela inúmeras possibilidades de leitura, mostrando que, mesmo em um mundo de cegos, tudo depende da maneira de olhar.

Analisando o texto

1. Após a leitura de *Mágica para cegos*, que relações você observou entre os contos?

R.: ____

____

____

____

____

2. Leia este trecho do texto em que o autor fala sobre o livro:

"Então, na minha cabeça se formou a imagem de uma cidade em que todos os moradores eram cegos. Tão cegos quanto nós, que não conseguimos enxergar à nossa volta a beleza da existência que em muitos casos está no ato de se colocar no lugar do outro, em ver o mundo com outros olhos. Foi também por isso que resolvi escrever as histórias com seus espelhos, contracontos, outros pontos de vista." (p. 78-79)

Que impressão o recurso de escrever contos e "contracontos" causou em você?

R.: ____

____

____

____

____

3. Em sua opinião, há diferença entre ler todos os contos do livro ou ler apenas um deles? Justifique.

R.: ____

____

____

4. A primeiro conto do livro prenuncia o clima de estranhamento que permeia as outras histórias? Justifique.

R.: ____

____

____

____

5. A personagem Vopulá, do primeiro conto, afirma estar em "infinita queda". Quais os significados que podemos atribuir à palavra "queda" nesse contexto?

R.: ____

____

____

Vopulá: ______________________________

____

Fonfom: ______________________________

____

Verônica: ______________________________

____

____

Bicho Doido: ______________________________

Mão Grande: ______________________________

____

Laricão: ______________________________

____

14. Leia os trechos abaixo, que iniciam e encerram o conto "O distrato".

"O destino é o mais refinado dos assassinos de aluguel." (p. 15)

"Não ouvi nenhum estampido. Só o farfalhar do dinheiro revoando da sacada para a rua lá embaixo.

Para nós dois, era muito tarde para um distrato." (p. 21)

a) O que é um "distrato"?

R.: ______________________________

____

b) O que os trechos acima revelam sobre a situação vivida pelo narrador?

R.: ______________________________

____

____

15. O conto "Vida de mula" trata da questão das drogas. Pesquise o significado da gíria "mula", utilizada na linguagem de traficantes e consumidores de drogas, e relacione-o ao título da história.

R.: ______________________________

____

____

____

____

Refletindo

16. Discuta em grupo a estratégia utilizada pelo delegado para desmascarar o ladrão da cidade dos cegos. Qual a sua opinião sobre a suposta vantagem do ladrão – que enxergava perfeitamente – sobre os moradores, inclusive o delegado, que eram cegos?

17. *Mágica para cegos* mostra que nem tudo o que vemos é a realidade, que todas as situações têm mais de um ponto de vista e, sobretudo, que é muito fácil julgar os outros a partir do que percebemos. Do ponto de vista de Fonfom, protagonista de "Destinos cruzados", o sujeito para quem ele queria dar carona era "uma alma perturbada". Para as outras personagens de "Vida de mula", entretanto, Fonfom é que era doido.
Isso acontece também em nosso dia a dia: para uma pessoa a situação é de um jeito, para outra, envolvida no mesmo caso, é de outro. Reflita com os colegas: que tipo de comportamento seria o ideal para evitar julgamentos e respeitar os diferentes pontos de vista?

18. É assim que o narrador de "Sobre a minha inexistência" inicia a descrição de Vopulá:
"[...] havia um louco, desses inofensivos, fechados em seu mundo de repolho." (p. 5)
E para você, o que é "ser louco"? Na sua opinião, os loucos são aceitos socialmente?

que quiser. Digamos que tenho meus princípios. Recebi pagamento por duas mortes e não cumpri nenhuma. A primeira não me compromete, porque o destino resolveu ser meu comparsa. Mas a outra...

O vulto fez um movimento lento com o braço direito, para dentro do paletó. Instintivamente, lancei-me para a frente, agarrando-lhe o braço, para impedir que sacasse a arma e consumasse seu trato com Dora. Puxei-o com violência. Ele perdeu o equilíbrio, tropeçou em mim e passou por sobre o parapeito. Caiu. Não ouvi nenhum estampido. Só o farfalhar do dinheiro revoando da sacada para a rua lá embaixo.

Para nós dois, era muito tarde para um distrato.

Sinal aberto

– O lance tinha que ter saído no *Jornal Nacional*, na revista *Placar* e em tudo quanto é jornal do Brasil. Mas não saiu. Isso é que me deixa injuriado. É o seguinte: domingo, final de campeonato, estádio lotado. Eu estava batendo um bolão naquele dia. Distribuía o jogo, voltava na marcação, atacava. A peleja entrou no segundo tempo. Eu vinha caindo pela direita, nas costas do lateral deles, que estava cansado e demorava pra voltar. Naquele momento, apareci sozinho no ataque. Ainda não tinha surgido um beque adversário na cobertura e eu acenava com o braço, pedindo um lançamento. Aqui, aqui, caramba, estou livre! E o meia meteu uma de três dedos, a bola veio desenhando um arco perfeito dos pés dele até o meu peito, onde ela morreu, escorreu pela minha coxa e parou mansinha sob meu pé direito. E foi aí, quando me preparava pra avançar em direção à grande área, que aquele fanático apareceu.

– Que fanático?

– Cara, um absurdo! Pior que nenhum jornal noticiou nada. Procurei nas bancas, depois que saí do hospital, mas não encontrei uma única linha falando do atentado. Por isso tenho certeza: foi tudo um complô dos cartolas com a federação. Rolou mala preta. Nosso time não podia ganhar o campeonato, é isso. Fizeram de tudo pra acabar com a gente. Apelaram até para o terrorismo.

– Acha mesmo que alguém queria eliminar você?

– Como explicar o que aconteceu? Lembro cada detalhe, parece um filme em câmera lenta. Até hoje posso ouvir o som macio da bola morrendo no meu peito. A vibração nas arquibancadas. A torcida pressentiu o lance. Rolei a redonda na minha frente, dei o primeiro toque em direção à área. Estava sozinho. O rumor na arquibancada cresceu. Dei o segundo toque. Ergui a cabeça para confirmar a penetração do centroavante. Aí, tomei uma pancada violenta por trás, sem piedade. Por isso a torcida gritava daquele jeito! Cheguei a pensar que o central deles tinha entrado de carrinho, rachando, caso de cartão vermelho direto.

– Então, o que foi?

– Eu ia centrar a bola, mas um motorista invadiu o campo.

– Como assim, um motorista? Um torcedor?

– Não, um sujeito dirigindo. Um carro entrou no gramado, assim, como se fosse uma avenida.

– Um automóvel?

– Nem vi a placa. Só sei que o maluco invadiu o campo bem na hora que eu ia cruzar a bola. Nosso centroavante ia ficar na cara do gol, a gente ia matar a partida. Mas o carro veio por trás e me jogou pra cima. Passei pelo para-brisa, voei por cima do capô, dei uns dois giros no ar e não sei o que aconteceu, mas fui parar tão longe, tão longe que caí fora do estádio, sei lá. Pensando bem, acho que perdi a noção da realidade. Só pode. Quando abri os olhos, instintivamente já apelei pro juizão meter um vermelho no criminoso. Mas eu estava estirado lá no passeio, em frente a uma mercearia. Veio todo mundo correndo. Uma gritaria que parecia da torcida, dos jogadores, tinha apito, era gente saindo de tudo quanto era loja, veio vendedor de bilhete, tinha catador de latinha, mendigo. O apito era de um guarda de trânsito. Um monte de carros brecando. Imagina só: fui parar no meio da rua, a ponto de ser atropelado de novo! Fiquei injuriado.

– E aí?

– Os bombeiros me cataram e saí carregado. Estava tão zonzo que pensei que eram os maqueiros me tirando do campo. Estava batendo um bolão e não queria ser substituído. Tentei pular fora, pedir ao juizão pra voltar ao campo. Vou bater a falta, essa é minha! Mas eles me seguraram, me deitaram de novo na maca, imobilizaram minha cabeça, amarraram meus braços e me enfiaram na ambulância, e eu saí desse jeito. Nunca pensei que isso pudesse acontecer a um jogador de futebol, ainda mais no meio do estádio, um jogo de final de campeonato, e sabe como? Um louco varrido pega o carro, consegue passar por todo mundo. Como é que pode? Isso não existe! Sei lá, o fulano deve ter a manha de centroavante, porque soube driblar a segurança, se meteu lá, no bico da área, e me arrebentou.

– E daí, o que aconteceu?

– Foi como estou contando. Fiquei no hospital um tempão, depois no departamento médico do clube, o presidente cheio de preocupação porque tinha um negócio com o Barcelona, ou com os árabes, sabe, e eu ali todo quebrado. Perna, braço, costela.

– E o motorista, o cara que atropelou você?

– Isso é que me deixou mais injuriado, entende? Os cartolas abafaram o caso, a federação deu uma de joão sem braço, a imprensa esportiva fez que não viu o lance... Acho que ficou todo mundo doido, porque foi na cara do juizão. E na hora que eu estava girando no ar, acho que ainda vi o centroavante cabeceando a bola para o fundo da rede, mas não tenho certeza. Automóvel é ponto neutro no campo, não é?

– Como vou saber se um carro dentro de um campo é ponto neutro?

– Isso é que me deixou ainda mais fora de mim! Não foram aquelas piruetas que dei no ar antes de me arrebentar na sarjeta. Eu vi que o para-choque do carro pegou na bola, foi como um petardo de peito de pé, sabe, merece até repetição. A bola seguiu no lance. O chute que eu tinha desenhado na minha ideia o carro deu. Porque eu ergo a cabeça assim, bem, pra ver a descida dos companheiros pra área. Nem deu tempo de enfiar uma de chapa. O carro me pegou com tudo, no contrapé, e fez o lançamento por mim. E sei que o centroavante aproveitou. Isso mesmo. Carro é ponto neutro, sim, tinha que seguir o lance, caramba! A gente ganhava o campeonato com um gol de automóvel, tem gol de bicicleta, então vale gol de automóvel também. É inédito, mas é ponto neutro, tinha que valer. Isso é que me deixa injuriado! Mas estou treinando duro pra me recuperar, voltar e ajudar o meu time.

O craque saiu manquitolando, atravessou a praça, acenando para um, para outro. Tirou a camisa, abaixou a cabeça. Fim do treino.

22
12
08
10

Notícia urgente

– O.k., voltamos dos comerciais, este é o seu programa *Agito de domingo,* e vamos conversar com mais uma testemunha, o senhor Antônio Carlos. O que o senhor viu?

– O negócio foi o seguinte: eu estava ali, parado no sinal vermelho, tinha uns amigos no meu carro. Todo domingo a gente sai pra tomar um chopinho. Um calor do cão. Aí, passou lá na frente, cruzando a avenida, aquele rapaz que vive o tempo todo jogando uma partida de futebol. A cidade inteira conhece o maluco. Ele está sempre de camiseta, calção, tênis. O sujeito é boa-praça, todo mundo gosta dele, mas nem sei se o figura conhece as pessoas de verdade. Na ideia dele deve ser tudo companheiro de time, massagista, cartola. Porque vive num jogo eterno, numa partida que não acaba nunca. Tem hora que ele fica injuriado com um passe errado, às vezes acena, coisa e tal, como quem pede a bola.

Ele estava lá, no passeio, do lado da praça. De repente, deu um pique até o outro passeio, ergueu os dois braços, acenando com ansiedade. Entendi que pedia a bola, um passe. Aí, ele estufou o peito, como se estivesse matando a redonda, e fez uma pose, com classe, dominando a pelota no gramado, o pé por cima. O pessoal no carro conversava animado, mas eu não conseguia tirar o olho daquele matusquela, imaginando como seria viver aquela partida infernal, quanto estaria o placar na cabeça dele, uns três mil e duzentos a quatrocentos e oitenta? Sei lá. Então ele rolou a bola, preparando um lançamento. Bom, "rolou a bola" é modo de dizer, porque não tinha bola, só na imaginação dele, bem entendido. Mas o maluco encena e a gente acaba enxergando o lance também. Aí, o sinal abriu. E no que o fulano deu dois passos, tive a impressão de que ele ia cruzar a bola. O carro à minha esquerda acelerou, acho que meu carro estava cobrindo a visão do outro motorista. E também achei que o jogador mental ia enxergar o trânsito, porque até parou, ergueu a cabeça, olhou firme, mas depois entendi que ele estava lá, no campo de futebol que tem dentro da cabeça dele, e não ali, no centro da cidade. Pois quando deu aqueles dois passos, invadiu a avenida. Eu brequei com força, porque pressenti o lance. O pessoal no carro aprontou um berreiro danado. E só vi quando o veículo da esquerda pegou o coitado em cheio, meio por trás, jogou o fulano pra cima e ele se esborrachou na avenida, ficou que nem ovo estrelado.

Podia ter sido mais trágico, mas era domingo. O trânsito estava calmo. Corre daqui, corre dali. A gente desceu do carro pra ajudar. Não encosta. Chama os bombeiros. Coisa e tal. E o cara grogue no chão, o braço estendido, a mão assim, como quem pede ao juizão, dá cartão vermelho pro infeliz do beque que me arrebentou! Acho que era isso que ele dizia. E aí, quando chegaram com a maca, não sei de onde ele tirou força, quase pulou fora numa distração dos bombeiros e gritou: "Tô legal, deixa que eu cobro a falta!". Custaram a imobilizar o cara. O trânsito está uma loucura nessa cidade. Quando a gente vê, um maluco invade a avenida. Ninguém acredita.

— O.k. Obrigado, senhor Antônio Carlos, e voltamos com José Loureiro, direto de nossos estúdios, para os comentários em nosso *Agito de domingo*.

Destinos cruzados

Eu vinha trazendo uma carga desde Volta Redonda, pela Dutra, depois peguei a Pedro II. Fazia pelo menos doze horas que estava dirigindo, sem poder dormir por causa do prazo para entregar a carga. Além de tudo, dei azar com um pneu da carreta que rasgou num buraco e perdi um tempão pra colocar o estepe. Quando a pressa vira patrão, tudo conspira contra a gente.

Parei no posto de costume. Meus olhos estavam vermelhos; a cara, amarrotada. Enquanto bebia o café, um rapaz veio me oferecer uns rebites. Paguei, joguei os comprimidos goela adentro, fui ao banheiro e voltei para a carreta. Conferi os pneus com o martelo e peguei a estrada.

Começou a chover quando eu estava entrando em Minas Gerais. A estrada virou uma buraqueira só. Sobe morro, desce morro. Curva pra cá, curva pra lá, e uns motoristas apressados, fazendo ultrapassagem em cada pirambeira que nem a morte tinha coragem de cortar.

O problema de verdade, aquilo que quero contar, começou quando parei num posto. Sou caminhoneiro há mais de trinta anos e já encontrei de tudo pelas estradas. Mas meu destino cruzou com uma alma perturbada naquele dia. E eu ali, só querendo ajudar.

O sujeito estava com um saco de aniagem cheio de qualquer coisa, devia ser de roupa mesmo. Tinha cara de coitado.

E carregava também uma malinha de napa laranja. Além disso, segurava nas mãos um saco de embrulho engordurado, devia ter ali uns salgados pra matar a fome, quem sabe um pão com mortadela. Sei lá. Era um zé-ninguém naquele lugarzinho perdido. Ele conversava com o frentista, perguntava as horas e sobre o horário em que um ônibus devia passar por ali. O rapaz dizia que nem sempre o tal ônibus que vinha do Mato Grosso parava no posto, porque ali não era ponto oficial. O motorista dava um sinal com o farol e, se houvesse passageiro, ele encostava do outro lado da pista mesmo, só o tempo para o sujeito atravessar e subir. Mas não tinha hora certa. E isso só fez aumentar a agonia do sujeito, o que tornava a cara dele uma máscara de ansiedade.

Entrei no bar, tomei meu café, brinquei com a balconista que gostava de mim, paguei uns fiados ao gordo dono do bar, olhei uns companheiros que pegavam um prato feito. Fui ao banheiro lavar a cara e, quando voltei, lá estava o coitado puxando conversa com o frentista. Abri o capô do cavalo e fui dar uma conferida no motor. Enquanto isso, fiquei escutando a prosa do sujeito.

Bem que eu havia desconfiado, era um coitado mesmo. Ele contou que fazia quase um ano que não via a família. Era o caçula. Esse tempo todo estivera internado numa dessas fazendas que recuperam drogados. Caí no vício, ele dizia, comecei com maconha, invernei na cocaína e quando cheguei no *crack* eu já era um trapo humano. Só pensava em morrer e fumar uma pedra. Roubava o que estivesse ao alcance. A começar na casa dos meus pais. Fumei o aparelho de som, fumei o forno elétrico, fumei as novelas da minha mãe, fui transformando em delírio e cinzas tudo o que tinha na casa.

Se me deixassem sozinho em casa, era uma oportunidade pra levar alguma coisa. O ferro de passar virava pedra, a panela de pressão virava pedra. Quando não tinha nada, eu vendia as roupas que achava no varal. Sério. Aí, ninguém confiava mais em mim. Nem minha mãe, nem meus irmãos, nem meu velho. Chegou uma hora em que sempre tinha alguém me vigiando. Aonde eu ia pela casa, tinha uma sombra no meu pé. Minha família virou meu par de chinelas. E eu desesperado por dinheiro. A droga me possuiu feito espírito maligno. Quando eu saía de casa, era um alívio pra eles, mas uma incerteza também. Será que eu ia voltar? Será que iam me matar por aí? Sabe como é, a vida não vale nada na mão de traficante. Só o dinheiro que o viciado deve. E a família me odiando cada vez mais. Verdade. Eu era um inútil. Todo mundo lá em casa, desde muito cedo, caçou o rumo de um serviço, porque somos gente humilde. Pai já de idade e doente. Mãe se matando com as coisas da casa e com costura pra fora. O mano mais velho no corte de cana, o do meio servente, minha irmã balconista. E eu vagabundeando pelos becos da cidade, roubando em casa o que a minha família conseguia comprar. Até pacote de açúcar eu tirei da despensa pra trocar por uma pedra.

O pior aconteceu no dia em que meu pai morreu. Esqueceram de mim em casa. Mas não fazia mais diferença. Na véspera, eu já tinha tentado vender o botijão de gás. Fui dedurado pela vizinha e meus irmãos me alcançaram na esquina. Levei uns safanões, mas a minha mãe não deixou que fizessem mais nada. O botijão ficou protegido na casa da vizinha dedo-duro e eu sumi no mundo. Quando voltei, no outro dia, estava louco pra dormir. Precisava pagar uma dívida ao traficante, os moleques que ele mandava atrás de mim diziam que eu não passava mais um dia vivo se não pagasse o que devia. Eu estava com medo, mas queria dormir antes de decidir o que fazer. A tal vizinha gritou pra mim que não tinha ninguém em casa. Bati à porta, ninguém respondeu. E a vizinha insistindo que não tinha ninguém lá, estava todo mundo na funerária, pro velório. Que velório? E ela explicou que meu pai tinha morrido. Saí pela rua e só depois de algum tempo caiu a ficha.

Meu pai estava morto. Tinha sido um homem bom. Um homem honesto, que nunca fez mal a ninguém. E fui pensando nessa injustiça da morte, que leva aqueles que são bons e deixam trastes como eu, só pra infernizar a vida dos outros. Zanzei de um lado pro outro e quando consegui achar o rumo do cemitério já era final de tarde, as pessoas que acompanharam o enterro estavam saindo. Fiquei perdido no meio daqueles anjos de mármore, Cristos de bronze, torres de tristeza e silêncio. Paz. Isso mesmo, fui invadido por uma paz muito grande. Aquilo me possuiu. Eu me sentei no início de uma rua de sepulturas, observando de longe minha família chorando e lentamente se afastando do túmulo do meu pai depois que o coveiro terminou de assentar o último tijolo. Queria que eles também me deixassem, como estavam deixando meu velho.

Recostado ali na própria solidão, veio de novo aquela vontade louca pela droga. Levantei-me, caminhei até o jazigo de meu pobre pai, e o diabo desenhou com sua unha de grafite um plano na cal fresca do túmulo. Com um graveto, depois com minhas próprias unhas, comecei a tirar o reboco fresco, arranquei os primeiros tijolos. Juro, fiz isso. Abri o jazigo. Puxei o caixão e o abri. Nem vi a cara do velho. Eu queria era o terno, o terno que ele tinha comprado dois anos antes pra missa das bodas de ouro. Estava novo, valia alguma coisa. E tinha os sapatos. Eu podia pagar minha dívida e renovar o crédito para pegar umas pedras. Enquanto despia o cadáver do meu pai, eu fazia as contas. Deixei o velho ali, nu dentro do caixão aberto, e saí com os sapatos enrolados no terno.

Até hoje eu me lembro da cara do meu irmão mais velho.

Um misto de fúria e infinita compaixão. Ele me encarava. Seu rosto, vincado pelo sol, tremia, as palavras como que lhe saíam pelos ouvidos, porque ele mantinha os dentes cerrados enquanto gritava coisas numa língua que eu não conseguia entender. Devia falar uma língua dos anjos enquanto me descia o braço, como fazia com o podão no corte da cana. Quebrou meu nariz, meus dentes, me arrebentou todo pra me livrar do diabo das drogas. Juro, foi assim mesmo. Eu achando que ia me dar bem com aquele terno, mas, quando cheguei ao portão do cemitério, ele já estava fechado. Então, fui pular o muro, mas tinha uma cerca elétrica lá. Eu, que nunca tinha entendido por que tem cerca elétrica em cemitério, naquele dia descobri. Tomei um choque e caí lá de cima. Desloquei o ombro, fui visto por alguém que chamou a polícia. Daí pra frente, você imagina. Minha família todinha na delegacia, eu com o terno do meu pai debaixo do braço, minha mãe aos prantos descrevendo a cena de indignidade no cemitério. A polícia fez que não estava vendo e levei uma coça de dar gosto. Mas eu merecia e foi uma santa surra, porque saí dali convencido de que ou o traficante ou minha família ia me matar de porrada. Onze meses na clínica de recuperação plantando chicória, almeirão, jiló, levando esculacho, comendo o pão que o diabo amassou e lendo a Bíblia. Hoje estou limpo e vou voltar lá pra rever as pessoas que eu amo. Se o ônibus passar.

Essa era a historinha dele, mas acho que estava mentindo. Eu acabei de inspecionar o motor, fui bater o martelo nos pneus, e voltei ao banheiro para jogar mais uma água na cara. Ainda tinha umas quatro horas de viagem pela frente.

Quando voltei do banheiro, o rapaz estava sentado num banco, na frente do restaurante do posto.

– Pra onde você vai? – perguntei.

Ele respondeu.

– Você tem sorte – eu disse. – Eu vou passar no trevo, duas horas de viagem. E você economiza seu dinheiro da passagem.

– Sério? Que bênção! O senhor me deixa lá?

Expliquei que só ia tomar um pingado, que eu levava ele comigo na boleia. Precisava mesmo de alguém para conversar, ia ajudar a me manter ligado – mas isso eu não disse a ele.

Eu estava no restaurante, encostado no balcão tomando o pingado, quando o ônibus veio pela rodovia, piscou o farol, buzinou e depois acelerou, passando reto.

Quando saí, o rapaz segurava o saco de aniagem numa das mãos, a malinha na outra, e olhava a estrada por onde o ônibus tinha seguido fazia um instante.

– Vamos embora, então? – chamei, caminhando na direção do caminhão, e ele veio atrás.

Subi na boleia, dei a partida, mas o rapaz continuou lá, me olhando meio esquisito.

Botei a cabeça para fora e chamei.

– Como é, você não vem? Tenho quatro horas de viagem pela frente. Sobe logo, cara!

Mas o indivíduo jogou a bagagem no chão, indignado com alguma coisa. Aí eu percebi que aquele negócio de droga era sério. Só que era pura mentira aquele papo de que havia se curado. O cara teve um surto e me puxou pra fora da boleia e começou a falar um monte de coisas, enquanto me dava umas bolachas e me chutava como um possuído.

Como é que pode? Eu estava fazendo caridade, coração amolecido pela novela que aquele desconhecido contara ao frentista, mas levava uma surra e nem sabia a razão.

– Você está achando que sou otário? Quer gozar com a minha cara? E eu deixei de pegar o ônibus pra ir com você, seu maluco!

E era bordoada me rasgando a orelha. Fiquei com um

gosto salgado na boca uns três dias. Também não enxergava direito, ele me deu um direto que abriu uns dez pontos no meu supercílio.

Só sei que o frentista, a moça do balcão que gostava de mim, o gordo dono do bar, o borracheiro, mais dois amigos caminhoneiros, todo mundo veio junto pra tirar aquele alucinado de cima de mim. E eu, de tão atordoado, acho que entendi tudo errado, porque eles apontavam na minha direção e diziam que eu era louco, que o sujeito não podia me bater, era covardia. Como assim? Pirado era o cara. O *crack* deve ter feito um monte de buraco nos miolos dele. Mas diziam que eu era um coitado.

– Ele falou que ia me dar carona na carreta dele, que ia passar lá no trevo da minha cidade. Eu acreditei! – berrava o sujeito, chutando o saco de aniagem, desesperado.

Eu fiquei estirado no chão do posto, até que uma alma caridosa me levantou.

– Vai, vai embora antes que ele resolva bater mais em você – aconselhou a moça que gostava de mim.

– Que é isso, ele está muito machucado! Melhor levar o maluco até o pronto-socorro – falou o frentista.

– Quem é maluco? – eu protestava, com os beiços inchados e as palavras escapulindo aos sopros através dos buracos deixados pelos dentes que se foram.

Apiedada, a Verônica limpou minha cara com o pano do balcão. Deixou no meu nariz um cheiro misto de cerveja e gordura, e aquilo começou a me enjoar. Chamei o juca.

– Vai embora! E nunca mais ofereça carona pra ninguém, escutou? É perigoso – aconselhou a minha Verônica do balcão, enquanto me empurrava.

Peguei o rumo da carreta. Dei a partida. Meti a mão na buzina com ódio e, pelo retrovisor, ainda vi o meu agressor. Então, botei a mão para fora da boleia e fiz um sinal com o dedo pra ele. E enfiei o pé no acelerador. Não sei como, mas o cara parecia ter o cão nas canelas, porque quase me alcançou quando eu já ia a mais de sessenta por hora. Como pode?

Rezo a são Cristóvão até hoje pra nunca mais cruzar meu caminho com o daquele desgraçado. Se eu encontro o sujeito, economizo freio e buzina: passo por cima de sua malinha de napa ridícula.

Vida de mula

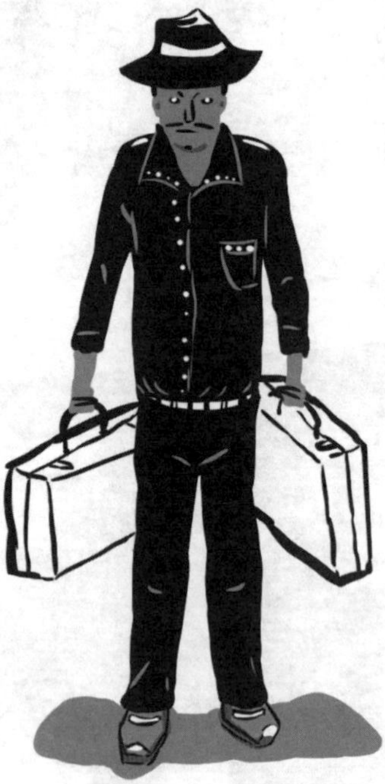

O Bicho Doido passou quase um ano sumido. Muito neguinho levou catiripapo para entregar o paradeiro do maluco, mas na verdade ninguém sabia dele. Diziam que virou evangélico e que havia mudado para São Paulo. O Mão Grande deu ordem para apagar o cara sem conversa. Mas ninguém sabia do Bicho Doido, o tempo correu, o assunto morreu.

Até que certo dia eu fui encarregado de buscar uma droga. Era uma viagem de cinquenta quilômetros. O esquema usava um caminhão de ossos, a coisa mais fedida que existe no mundo. A lata-velha recolhia nos açougues os ossos e a graxaria, toda a porcariada que sobra. Era negócio de fachada. A gente corria a cidade inteira e depois ia vender isso numa fábrica de farinha de osso. No trajeto, aproveitava para transportar a droga no meio daquela fedentina dos infernos.

Neguinho que tava mal com o Mão Grande era sempre escalado para fazer o serviço. Quem estava de castigo carregava os ossos e as barrigadas na carroceria e descarregava depois. No fim do dia, só fazia amizade com urubu. Onde passava, a cachorrada se assanhava. Bicho Doido era viciado e pegou esse castigo um par de vezes para pagar dívida de droga. E gostava de ir lá em cima, fazendo anarquia, jogando osso pra cachorro de rua. Um dia, com essa brincadeira, acertou a cabeça de um mendigo com a lasca de um ossão, cara, deu o maior B.O. Nem isso o infeliz fazia direito. Um sonso.

Eu estava voltando quando a lata-velha começou a ratear na rodovia. Dessa vez estava sozinho. O chefe aguardava a chegada dos pacotes, esquema armado para distribuir na cidade, tinha traficante da região esperando nos pontos marcados. Mão Grande não tem paciência com relógio e eu já via o sujeito injuriado com a demora.

No meio do azar, dei sorte porque tinha um posto logo adiante. Fui encostando o caminhão e andei uns cem metros até o pátio do posto. Passei primeiro na oficina, atrás do mecânico, e o ajudante dele disse que o cara estava no bar tomando um rabo de galo e já voltava. Foi quando vi um bolo de gente separando um rapaz que esmurrava outro sujeito. De longe, não identifiquei ninguém. Fui chegando um pouco, porque vi o mecânico ajudando a segurar o rapaz, que estava chutando uma mala amarela e ao mesmo tempo jogando para cima um saco de trapos. Tava que era uma caixa de marimbondo, de tanta raiva.

Mais de perto foi que identifiquei o Fonfom, um maluco conhecido em duas ou três cidades da região. O pinel achava que era motorista de carreta. Corria pela cidade imitando o ronco do motor, mudanças de marcha, até o apito de alerta da marcha a ré ele fazia. Seu refinamento chegava ao ruído do ar do freio, quando acabava de manobrar junto ao meio-fio, para estacionar. Depois descia de sua carreta mental e contava suas viagens. Um dia no Tocantins, outro dia no Espírito Santo. Deram-lhe um mapa rodoviário e um gaiato o presenteou com uma buzina de ar comprimido, que ele costumava levar amarrada à cintura. Parava nas esquinas e metia a mão naquilo, apavorando os pedestres distraídos. Ria, estendia a mão pela boleia de sua loucura, acenava com gozo e seguia seu destino, roncando o motor.

Dessa vez, notei que rateava. O motor de sua carreta estava prejudicado pela falta dos dentes da frente. Tava com a cara arrebentada, cheia de sangue. Covardia bater num sujeito desses. Meu sangue subiu, deu vontade de entrar no meio e dar uns sopapos naquele nervosinho. Mas me segurei. Estava no meio de uma entrega e não queria me complicar. Depois, Fonfom já engatava uma reduzida e lá nas ideias dele pegou o rumo da rodovia. Chamei o mecânico e pedi que desse uma olhada no meu caminhão de ossos. Ele fez cara de nojo, mas foi. Enquanto isso, eu fui para o bar.

Para minha surpresa, também reconheci o agressor. Estava muito diferente, cabelinho cortado, roupinha toda comportada. Tinha ar sofrido, mas cara de gente.

– Bicho Doido, Bicho Doido!

Juntava suas coisas esparramadas pelo pátio e enfiava no saco de aniagem. Ele me encarou, incomodado. Não sorriu.

– Fica frio, cara. Sou eu, Laricão.

– Opa.

Ele estava estranho. Olhou para a direção do caminhão, acabou de juntar as coisas.

– E aí?

– Eu é que pergunto. É verdade que você virou evangélico?

– Eu saí daquela vida. Só quero ver minha família e caçar um rumo.

– Sei, cara. Isso é com você. Mas você deixou o homem injuriado. Mão Grande deu ordem à cachorrada pra apagar você por causa de droga que você não pagou.

Ele ficou mudo. Apertou a mala de napa entre as pernas.

– Que foi que houve aqui?

– Nada, não.

– Bicho Doido, você quebrou a cara do Fonfom.

– Não conheço nenhum Fonfom.

– Aquele pirado que pensa que é caminhoneiro. Covardia, Bicho Doido!

– Eu não conhecia o cara, já falei.

– Que é isso, Bicho Doido, todo mundo conhece o cara por aqui. Ele corre de uma cidade pra outra... o que você está fazendo neste posto?

– Olha, eu só estava esperando um ônibus para acabar de chegar em casa. Aí aquele cara me ofereceu carona. Foi isso.

Rachei de rir e ficava repetindo: "Você caiu nessa, caiu nessa?". O Bicho Doido não se alterava. O mecânico veio na minha direção e acabou com a minha graça.

– Olha, fizeram uma sacanagem. Abriram o tanque e colocaram alguma coisa lá.

– Colocaram o quê?

– Armaram pra você, Laricão – soprou Bicho Doido, que pegou suas coisas e se sentou no banco em frente ao bar.

Fui com o mecânico até o caminhão. O motor tava cheio de areia. Voltei desolado até o bar. Pedi uma pinga, virei. Voltei até o meio do pátio, xinguei o mundo e fui me sentar ao lado do Bicho Doido.

– Que merda é essa, cara? Que é que eu faço agora?

– Avisa o homem. Liga lá – ele respondeu, seco.

Fiquei olhando a cara do outro.

– Mas perdi mesmo o juízo! Estou aqui tirando opinião com um aloprado. Até parece que você não conhece o Mão Grande! Esquema não pode falhar, rapaz! É capaz de enfiar o dedo pelo telefone e botar no meu nariz dizendo "Laricão, Laricão, você está armando pra cima de mim". O homem só é dono do tráfico porque desconfia até da mãe.

– Então fica sentado aí e espera – repetiu ele.

– Esperar o quê?

– Eu estou esperando uma carona. Você... os caras que armaram essa cilada.

– Os caras? – repeti, pulando do banco.

Não é que o Bicho Doido tinha razão? Quem botou areia no tanque devia estar de tocaia. Fiquei de olho no fedorento, estacionado no acostamento da rodovia, a tampa do capô levantada. Ninguém por perto.

– Se os caras vierem e você estiver por aqui, eles vão apagar você, Laricão – falou o outro, com a mesma cara de quem não estava nem aí.

Voltei ao banco.

– Se eu abandono a droga, o Mão Grande me apaga.

Nesse instante uma patrulha veio, passou pelo caminhão de ossos, entrou no pátio do posto. Parou bem na nossa frente. Fui levantando devagar, cruzei com a balconista que vinha até a porta do restaurante. Fiquei à distância, perto de uma gôndola de revistas e jornais, olhando umas capas, fingindo interesse em manchetes.

Os homens pararam na frente do Bicho Doido. O cara atraía encrenca. A balconista o acusou. Ele se levantou, com os braços para cima, as mãos na parede, e foi revistado. Abriram as malas do cara, reviraram tudo.

– Onde está a vítima? – perguntou um dos tiras.

– Foi embora.

– Preciso da vítima para registrar a ocorrência.

– Deixa disso, sargento, o sujeito agora está quieto, o outro era um doido, este aqui não sabia.

– A moça ligou, disse que teve agressão física – insistiu um dos militares.

Cheguei perto do balcão para ouvir a conversa. Pediram a identidade do Bicho Doido. Perguntaram de onde era, para onde ia. Depois se informaram com a balconista para que lado tinha seguido a vítima. A linguaruda contou. Eles entraram na viatura e saíram.

Tive uma ideia.

– Bicho Doido, é o seguinte: leva a droga pra mim. Põe nessa mala. Pega uma carona lá na estrada e se manda. Depois você me entrega os pacotes, eu levo pro Mão Grande.

Ele resistiu. Reafirmou que estava limpo, que agora tinha religião e que só queria refazer a vida. Não queria mais saber de tráfico.

– Você acredita em salvação, não é? Só que o Mão Grande está a fim de mandar você pra Jesus mais cedo, entendeu? – alertei. – Primeiro, você limpa a sua barra, depois muda de vida.

– Como assim, Laricão?

– Quebra essa. Depois que você sair, eu explico pra ele o que aconteceu. Conto que você salvou o esquema. Ele vai ficar satisfeito. O prejuízo aqui vai ser muito grande se os caras tomarem a droga – argumentei.

O Bicho Doido não queria saber mesmo. Saiu de lado, levou as coisas dele para outro canto. Mas fui atrás.

– Laricão, será que você não entendeu ainda? Foi gente lá de dentro, que conhece o esquema. Gente que está do lado do Mão Grande, só esperando pra entregar você!

Chutei a mala dele.

– Olha aqui. O tempo está correndo. Não demora e aparecem os caras pra me apagar. Se você não fizer o serviço, vou dizer ao Mão Grande onde você está. Eu entrego você, entendeu? – E, ainda olhando o mané com raiva, fui em direção à lata-velha.

Subi na carroceria, me enfiei no meio dos ossos e vim trazendo dois sacos pretos cheios de droga. Sem pedir licença, enfiei um no saco de aniagem e outro na mala de napa.

– Eu sei onde encontrar você. Vou chamar um mototáxi para acabar a viagem. Vou avisar o mecânico que estou mandando um guincho pra puxar o caminhão. Você dá um jeito de pegar uma carona logo. Sei onde sua família mora.

Eu espero você ali por perto. Vou me mandar – E fui me afastando.

Nisso, quem volta? A porcaria da patrulha, com o giroflex ligado. Passaram por mim e estacionaram perto do Bicho Doido. Enquanto eu chamava um mototáxi pelo celular, os homens desceram. Tinham encontrado o Fonfom na rodovia. Ele desceu da viatura, indignado.

– A documentação da carreta está em dia, sargento. E a carga tem nota fiscal! – protestava o maluco.

– Cala a boca, Fonfom. Só responde: foi este cara que bateu em você?

Com esforço, o maluco, que estava com uma das vistas tapadas, confirmou. O guarda deu um tapa na cara do Bicho Doido, que não reagiu. O negócio dele agora era mesmo com Jesus. Até ofereceu a outra face. E levou outro tabefe. Depois de oferecer a outra face o que vem? Oferecer o rabo para ser chutado. O chute fez Bicho Doido entrar na viatura com a mala e tudo. Depois entrou o Fonfom.

Saíram na mesma direção de onde vieram. E eu lá. Perdido. O caminhão de ossos parado. A cabeça acelerada. O celular na mão. O Mão Grande me esperando. O relógio correndo.

– Não vai acontecer nada. Os tiras já tinham revistado a bagagem do Bicho Doido – eu repetia, fazendo figa.

Estava convencido: não podia ficar ali. Os caras que tinham armado para mim não tardariam. O que tinha dado errado no plano deles? Talvez apostassem que o caminhão nem ia conseguir sair da cidade pra pegar a rodovia. Mas estavam chegando e eu tinha que cair fora.

O mototáxi chegou ao posto pela direita. Ao mesmo tempo, pela esquerda, surgiu roncando o maluco do Fonfom. Estacionou a carreta mental ao lado da bomba de óleo dísel e pediu ao frentista para encher o tanque logo, porque estava atrasado. Deixou lá a carreta abastecendo e foi na direção do restaurante.

O mototaxista me entregou o capacete. Subi na moto. A cabeça fervendo. Entendi a roubada em que havia me metido. Armação do Bicho Doido.

– Pra onde? – perguntou o mototaxista.

– Pra bem longe.

Fico pensando onde está o Bicho Doido uma hora dessas. Dizem que rachou o dinheiro com os comparsas, fundou uma igreja. Conversa.

Hoje vivo escondido em São Paulo. Mão Grande me jurou de morte. E eu nem posso explicar como tudo aconteceu. Depois, no fim das contas, melhor passar por golpista do que por otário.

Mágica para cegos

Era uma vez uma cidade que talvez nem tenha existido. Mas posso imaginá-la seja como for, porque sou como sou. Era uma cidade de cegos. Poderia descrevê-la com a ponta dos dedos, mas seus ouvidos não me compreenderiam. De vê-la houve apenas um homem que poderia pintar-lhes um perfeito quadro, mas ele se foi e escondeu o rastro. Direi da cidade que suas ruas e praças eram conhecidas pelos habitantes como a palma de suas mãos, embora jamais as tivessem visto – nem as palmas, nem as ruas e praças.

Nos dias de grande movimento, o bater das bengalas nas pedras do calçamento era tanto que se igualava ao estalar dos pingos de chuva intensa nos telhados. Os habitantes se conheciam pelo cheiro, pela voz e até pelo ruído de cada bengala nas guias do passeio, nos alicerces e soleiras. Bom dia, senhora Lavínia! Como tem passado, senhor Euclides? Eu percebi que a senhora vinha passando, seu doce perfume de jasmim a precede, senhora. O senhor e seus galanteios! Queria avisar que suas botas estão consertadas, informou-lhe o sapateiro. Agora que a senhora está de volta do verdureiro, poderia levar também as botas para casa. Ah, o senhor notou como estão frescas as verduras? O aroma da salsa e do manjericão desperta meu apetite!

Assim eram as gentis conversas dia afora. Nas noites... Bem, era uma cidade de noite eterna, se pensarmos em luz. Refiro-me ao período em que as pessoas se recolhiam a suas casas, era como se também suas almas se internassem numa concha de solidão. As noites eram longas e extremamente silenciosas. Aqui o crepitar de lenha no fogão. Ali um cão cego latia para fantasmas de gatos. E gatos cegos perseguiam fantasmas de ratos. E ratos roíam a escuridão imaginando a Lua. Porque assim seria a cidade dos cegos: todos cegos. O galo, que sempre cantava ao longe, num incerto quintal, jamais teria visto o alvorecer. Mas, desperto pela bengala do velho sacristão que madrugava para seus afazeres, antecipava-se ao sino. E o sino depois seguia o canto do galo no anúncio da missa.

E os dias cegos se sucediam, como o toque da bengala de Cronos que caminhava célere pelos becos da cidade. Faleciam os mais velhos e doentes, bem como os jovens desafortunados em trágicos acidentes sem testemunhas. E nasciam as crianças, sem que ninguém dissesse como se pareciam com os pais. Cresciam. Iam às escolas aprender a ouvir, a tocar e a distinguir aromas. Ao final da tarde, já em casa, os mais jovens eram encarregados de fechar as portas, passar o trinco, correr as trancas, dar voltas nas chaves.

Isso porque, há muitos anos, um tormento assombrava os moradores da cidade dos cegos. Haveria na cidade um ladrão. Sua impressionante e temida habilidade de penetrar nas casas sem ser notado – posto que seria impossível vê-lo – intrigava a todos. Sempre que desaparecia aqui um relógio de corrente, ali uma peça de porcelana, acolá um dinheiro reservado para certa necessidade, a notícia corria cegamente por todas as bocas, acrescentando cada vez mais perdas à enorme lista de façanhas do famigerado ladrão. Alguns diziam que nada daquilo seria verdade. Todos os povos necessitam de lendas e, assim, tudo o que se furtava ao tato pelas distrações, pela falta de cuidado e pela perda de memória era computado na conta de um fantasma.

Em seu ofício, o delegado visitava o local das ocorrências, mais para confortar as pessoas roubadas do que para investigar, pois as pistas, mesmo que sob seus olhos, jamais seriam vistas. E, depois de reconfortar a vítima, voltava ele desconsolado ao gabinete. Confessara a mais de um seu sentimento de impotência. "Nesse caso, sinto-me de olhos vendados", era o seu bordão.

Certo dia, anunciou-se uma estupenda novidade: um ilusionista chegara à cidade para fazer apresentações. E o que dificultava ainda mais a execução de seus números era o fato de o ilusionista também ser cego, como todos os habitantes da cidade. O fato era extraordinário porque aquela gente jamais recebera visitantes, pelo menos nenhum que os moradores tivessem visto. Não havia ali hotel nem pensão. Por isso, o ilusionista foi acomodado num amplo quarto no andar superior do sobradinho onde residia o delegado. Ali, diziam, estavam seus baús de roupas, gaiolas com pombos, coelhos, anacondas e iguanas, biombos dobráveis, mesas de palco, serras circulares e outras ferramentas de meter medo, caixas onde se fechavam segredos e a cartola negra onde o artista enfiava sua cabeça imaginativa.

A ansiedade tratou de lançar suposições sobre o local da apresentação, que, dizia-se, teria números de grande perigo. Mas logo no dia seguinte sua chegada arautos contratados faziam as vezes de cartazes, gritando pelas esquinas: a primeira apresentação do grande ilusionista aconteceria em palco armado na praça central, às oito da noite.

Ninguém contou a plateia, mas, como não houve quem dissesse o contrário, pode-se afirmar que todos os habitantes da cidade dos cegos estavam ali, às oito horas, para assistir à apresentação. Tão logo foi anunciada a presença do ilusionista no palco, os aplausos entusiásticos e apupos irromperam para romper os tímpanos da noite.

Com seu sotaque estrangeiro, ele explicou detalhadamente o que iria fazer. E cada movimento que fazia no palco era descrito com precisão.

– Preciso de um voluntário! Que tal o nosso delegado?

A multidão aprovou com alegria.

– Muito bem, delegado, eu tenho aqui uma caixa de madeira sobre a mesa. Quero que confirme a todos que se trata de uma caixa comum.

E o delegado segurou a caixa, explorou-a com as mãos, experimentou o fundo firme.

– Sim, é uma caixa de madeira, com um fundo firme.

– Ah, e você diria que nesta caixa caberiam muitos objetos?

– Sim!

– Você está armado, delegado?

– Sim, por quê?

– Poderia colocar a sua arma aqui dentro, por favor? Eu não seria tolo de perdê-la, ou não teria como voltar para casa esta noite!

Risos na plateia.

– Perfeitamente, grande ilusionista. Aqui está minha arma, no fundo da caixa.

– Pois continue segurando a caixa, para nossa segurança, delegado! E agora, minha ajudante, por favor, traga aquele jarro grande com água. Aplausos para minha linda e atraente *partner*, por favor!

E todos aplaudiram a entrada da moça, comentando entre si a elegância do caminhar dela, a leveza do gesto com que entornou, ao comando do grande ilusionista, toda a água dentro da caixa.

– Minha nossa, a minha arma! – falou o delegado, ao ouvir o comando e o som da água batendo no fundo da caixa que ele segurava.

Risos na plateia.

– Ora, ora. Nosso delegado está preocupado. Mas vocês são testemunhas de que nenhuma gota está vazando de nossa caixa, certo? Delegado, por favor, diga-nos se alguma gota molhou seu terno.

– Não!

– Pergunto, agora, ao nosso gentil voluntário, se ele gosta de tomar uma taça de vinho antes do jantar.

– Gosto, sim, é meu costume.

– Então, peço à minha linda *partner* que traga uma taça até aqui. Vejam como ela trabalha bem, aplausos, por favor!

A plateia animou-se novamente com a entrada da bela moça em seus trajes ousados. E, então, atendendo ao pedido do ilusionista, o delegado virou um pouco a caixa de forma que por um de seus ângulos um surpreendente vinho tinto foi enchendo generosamente a taça enquanto a plateia aplaudia.

– Prove, por favor, delegado, e diga-me se o vinho é de boa procedência. Tenho uma reputação a zelar! – brincou o ilusionista, levando a taça à boca do voluntário.

– Excelente, encorpado, seco, aroma com notas de carvalho! – testemunhou o delegado. – Permita-me mais um gole!

Risos na plateia.

– Agora, retiro o meu lenço e coloco sobre a caixa... Não vamos permitir que o delegado resolva virar todo o conteúdo, não é mesmo? E minha *partner* vai manter o lenço bem preso, como uma tampa, enquanto com minha varinha mágica vou bater uma, duas, três vezes e...

Suspense na plateia.

– Delegado, o que havia mesmo dentro da caixa?

– Você colocou água, que virou um bom vinho. E minha arma.

– Curioso, então como foi que o meu iguana foi parar aí dentro?

Retirou o lenço e pediu ao delegado que retirasse o réptil de dentro da caixa, o que ele fez, exibindo-o a todos, aos gritos de surpresa:

– É um iguana, como ele disse!

E, parando subitamente, perguntou:

– E minha arma? Ela não está mais aqui dentro!

Um comprido "oh" percorreu a praça.

– Mas é evidente, delegado. Eu não permitiria que sua arma se estragasse com a água, muito menos que ela estragasse o bom vinho que lhe foi servido!

Todos riram.

– E onde está a minha arma? A sua *partner* a pegou?

– Oh, não. Ela é uma senhorita avessa a armas. E nem pense que o iguana a engoliu. Ele jantou antes de vir trabalhar – respondeu o grande ilusionista, divertindo o público.

Então, gritou para que um senhor, no meio da multidão, verificasse o bolso de seu sobretudo. E lá estava a arma do delegado, para delírio de todos.

Mais dois números executou o ilusionista naquela noite. Primeiro, fez o delegado flutuar no palco, enquanto sua *partner* demonstrava com arcos que nenhum fio o mantinha suspenso. E finalizou com um número em que confetes colocados em sua cartola mágica, ao serem jogados para cima, transformaram-se em dezenas de pombos que saíram em revoada por sobre as cabeças maravilhadas dos habitantes da cidade dos cegos.

No outro dia, uma incomum agitação nas ruas, nas oficinas, no mercado, na praça onde o palco continuava armado. Criavam-se teorias que animavam as conversas. Tentava-se explicar como tal coisa teria sido armada, mas havia sempre um ponto inexplicável, deliciosamente misterioso. E as conversas aumentaram mais a expectativa pelo segundo *show*.

Foi então que arautos trouxeram a novidade. O grande

ilusionista dividiria sua *partner* ao meio. Depois, apresentaria um número com a grande sucuri, ela o envolveria todo e depois o engoliria como a um jacaré.

– Dizem que é possível ver o corpo do mágico mexer-se dentro da cobra! – anteviam, horrorizados.

À noite, não se sabe como, parecia ter aumentado o número de espectadores. E o que todos presenciaram superou em muito o *show* da noite anterior. O ápice foi a cena em que ele travou a luta contra o monstro amazônico e, vencido, deixou-se esmagar e foi devorado sob gritos de horror. O delegado tudo narrara em detalhes, com a voz rouca de pavor. Súbito, a suposta vítima começou a se erguer dentro da cobra. Colocou-se de pé! Espanto: conversou com todos, lá de dentro, andou – sim, andou, como uma criança que brinca sob um lençol – e, quando menos se esperava, desapareceu de dentro da cobra para reaparecer detrás de um biombo.

Então, enquanto ainda ecoavam os comentários sobre a dantesca apresentação daquela noite, aconteceu um fato raríssimo, ainda mais raro que a chegada do fabuloso ilusionista. Um dos habitantes da cidade dos cegos recuperou a visão. No entanto, ao contrário daquele fato anunciado aos quatro ventos, este só eu posso lhes contar, pois o afortunado homem não saiu pela casa a gritar, não saltou à rua aos prantos nem se tornou pregoeiro de sua boa sorte.

Tomava um café preto em casa, na escuridão fria daquela manhã, quando o lume vermelho do fogão de lenha foi descortinando sua visão, pouco a pouco. A princípio, creditou o quadro à própria imaginação. Atrapalhado, moveu o olhar em direção à mão que segurava a xícara, e então piscou. Ao piscar, percebeu que o mundo que ele estava enxergando existia mesmo do lado de fora de sua mente.

Atônito, afônico, mas sincrônico, saiu pela casa tateando as coisas, fazendo o diálogo de suas formas e texturas com as cores. E a luz revelada, como pincel de um mestre, espalhava tons em tudo – até o ar, para o afortunado homem, ganhara cor.

Sem crer no que os olhos lhe diziam e ignorante do nome das cores, muniu-se da bengala e saiu pelos becos e vielas que todos os dias assistiam à sua passagem, detendo-se em detalhes de pedras, ranhuras de muros, touceiras de mato, tapetes de miúdas flores silvestres no berço descuidado de jardins abandonados, desenhos de fachadas, rococós de portões de ferro, nuvens transiformes, cantos materializados em pássaros, cricrilares que saltavam, pedaços de cor que borboleteavam, sustos pardos miando sobre muros. Reparou em tantas coisas que necessária se fazia uma nova existência para tanto enxergar.

E havia as pessoas. Quando cruzava com alguém, primeiro fechava os olhos para reconhecer o toque da bengala, o ritmo dos passos, associar o cheiro. A um cumprimentava elogiando o corte da barba, a outro os sapatos novos, a uma mocinha o penteado, e assim ia deixando aqui e ali pegadas de observações inusitadas. Mas a ninguém revelou: não mais sou cego.

Foi assim, esquecido de seu próprio trabalho, perambulando, que ele acabou nos limites da cidade, diante dos morros que se erguiam em seu entorno e que colocavam a triste vila num vale fundo e sombrio, junto à estrada que seguia um tanto vacilante, abrindo a paisagem com pinceladas ocres. Aí, conheceu o entardecer e sua aquarela. E viu a noite entornar seus tons de violeta e azul com o preto absoluto sobre tudo. Ainda de cara para cima, contemplando a inimaginável existência das estrelas, confiou-se aos olhos da bengala, como antes, para fazer o caminho de volta.

Nesse retornar, o roteiro levou-o até a praça. Eram oito horas, e a multidão murmurante aguardava o início da apresentação do grande ilusionista.

O afortunado homem que recuperara a visão deteve-se no meio dos moradores, como um estrangeiro, pois era assim que se sentia entre tantos rostos desconhecidos. Quando os tambores rufaram anunciando o grande ilusionista, o ex-cego viu um senhor de fraque entrando no palco. Ele acenava como se todos pudessem vê-lo e começou por elogiar sua *partner*, que estreava um deslumbrante traje, muito propício ao número que executaria a seguir. Mas, como o afortunado e somente ele pôde ver, não havia ninguém ao lado do grande ilusionista, a despeito de incontáveis suspiros que a descrição da moça arrancou por toda a plateia. Essa constatação fez com que o homem fosse abrindo caminho por entre a multidão, até conseguir um lugar mais próximo do palco.

Foi assim, pasmo, que seguiu a um bisonho truque de cartas, sem cartas, em que o grande ilusionista pedia à invisível *partner* que escolhesse uma delas. Então, convidou ao palco, como em noites anteriores, seu gentil anfitrião, o delegado. Mas, da mesma forma que não havia a bela moça, também não havia delegado. E o que o ex-cego viu foi que o ilusionista fazia duas vozes.

Descobrira um imenso engodo. Todos ali acreditavam que sobre o palco um fato feérico acontecia. Cartas escolhidas a esmo e incendiadas rematerializavam-se dentro de melancias. Quando o grande ilusionista fez um número de sombras chinesas, um dragão foi projetado num lençol ao fundo do palco, e a sombra da bela *partner* fugiu de medo, abandonando a dona no meio do palco. O público gargalhava, as bengalas batiam felizes contra as pedras do calçamento da praça. Aplausos e gritos. Mas o homem que voltara a enxergar nada via. E a visão daquela farsa foi enchendo seu peito de grande indignação.

Então, quando o grande ilusionista anunciou que faria seu número mais espetacular, num rompante o ex-cego gritou que queria ser voluntário. Seu pedido ecoou pela praça e abriu um caminho de silêncio entre o palco e ele.

– Pois suba, homem corajoso! Eu pensei que teria de arriscar a própria pele nesse número – brincou o grande ilusionista, sem se perturbar.

O voluntário subiu ao palco. O coração estava aos pulos, não porque temesse os anunciados perigos do número, mas porque sentia a chegada do momento em que iria desmascarar o farsante. Pressentia a fúria da plateia enganada. O que diria? Palavras enlouquecidas agitavam-se dentro dele como cães em luta.

– Temos um baú aqui neste palco! Trata-se de um baú reforçado, com chapas de ferro – anunciou o grande ilusionista, braço estendido em direção ao baú.

O público murmurou em suspense. O que viria?

– Vamos até o grande baú, bravo homem! – chamou o ilusionista. – Experimente-o, esmurre-o, veja se de fato é reforçado, se não existe por acaso uma saída secreta.

De fato, havia mais ao fundo do palco um grande baú. O ex-cego o testou com certo descaso. Não conseguia se concentrar naquilo, pois tudo o que vira tinha sido irreal.

– Pois agora, do meu bolso, tiro essas algemas – disse, balançando para que fizessem barulho. – Eu pretendia colocá-las em meus pulsos e entregar as chaves ao delegado, em seguida entraria no baú.

O ex-cego aproximou-se dele. Enfim, as palavras deixaram de lutar entre si. Organizaram-se numa frase reveladora, mas que saiu entre os dentes, baixa:

– Isto aqui é uma farsa!

– Isto aqui são as algemas – continuou o grande ilusionista, colocando-as no pulso do voluntário.

– É uma farsa. Estou lhe dizendo. Você está enganando a todos!

– Ah, não, agora é tarde para o senhor implorar para escapar desta – gritou o ilusionista, empurrando-o em direção ao baú. – Porque o número é muito arriscado e eu já estou um pouco fora de forma. Entre no baú.

O voluntário obedeceu, mas aumentou o tom de voz:

– Você além de cego é surdo? Estou lhe dizendo que tudo isso aqui é falso. Você não faz nada do que está dizendo. Eu posso ver. Eu enxergo! Não há nada neste palco além deste baú, além de nós dois. Não existe *partner*, e você faz a voz do delegado! Duas noites, duas apresentações, e você enganou a todos. Mas hoje alguém que pode ver está desmascarando um farsante.

– Não, não! Ele está cochichando, perguntando onde é a trava secreta do baú, para escapar na hora H. Não há nada disso, meu ex-corajoso homem! – bradou o ilusionista para o público. – Será passada uma corrente em volta do baú, depois vou jogar gasolina nele e um grande incêndio vai consumi-lo. Prometo, e acima de tudo espero pelo bem de sua pele, que você ressurgirá das cinzas.

Tambores começaram a rufar, cobrindo a onda de murmúrio e apreensão que nascera do fundo da plateia e se quebrava no palco.

– Nada disso existe! Você não é mágico!

Então o grande ilusionista o encarou. E, embora fosse cego, parecia mirar o fundo dos olhos do outro.

– Estúpido. Se todos aqui podem visualizar os números maravilhosos que apresento no palco, quem de fato é o cego? Acaso você também não esteve aqui nos dois últimos dias? Você também me viu ser devorado por uma cobra gigante. Viu minha *partner* ser dividida ao meio. Viu coisas maravilhosas que eu prometi que veria. E se as viu foi graças a mim. Onde acha que está o palco de um ilusionista cego?

E empurrou-o para dentro do baú, batendo com força a tampa. Então, no escuro, o ex-cego percebeu como a mágica acontecia.

A ratoeira

– E você, qual é a sua história? – perguntou o assassino, agarrado às grades.

Ao fundo da cela, sentado no chão, recostado à parede fria, o homem começou sua narrativa com voz rouca:

– Havia uma cidade, mas antes ninguém tivesse me falado dela! Era uma cidade de cegos. O que me levou a seguir a tortuosa estrada que levava àquele lugar incomum foi a curiosidade e, admito, as possibilidades que meu juízo ia listando. Se ali todos eram cegos, do padre ao último dos pecadores, um homem que pode ver seria rei. Mesmo que fosse o rei dos ladrões.

– Uma cidade de cegos. Você está inventando.

– É a minha história – continuou o ladrão, impassível. – Quando cheguei àquela triste cidade, de casas iguais, todas sem pintura, com as pessoas vestidas iguais, tive a impressão de que não teria nada de valor ali. Por que alguém teria um relógio de ouro? Por que uma dama usaria um colar de pérolas? Quem faria elogios a um serviço de prata colocado à mesa, quem se extasiaria com finas porcelanas? E, depois, passar despercebido não era tão simples como imaginei. Eu andava pelas ruas e os outros pedestres voltavam o rosto na minha direção, alguns chegavam a me apontar as bengalas. Sentiam meu cheiro como se fossem cachorros. Aliás, também os cães da cidade eram cegos.

– O paraíso dos gatos – gracejou outro encarcerado. – Esse lugar não pode existir.

– É a minha história, já disse. Não sei o que tirou a visão de todos os habitantes daquele infeliz lugar: uma doença rara, o veneno exalado de alguma brenha do inferno, não importa. Sei que também tinham audição apurada. Reconheciam-se pelo jeito de pisar. Quantas cenas presenciei de cidadãos se cumprimentando à distância, às vezes de costas um para o outro. Impressionante. Graças a essas anotações, também aprendi a evitá-los. Observando a direção do vento, dispensando os sapatos ao caminhar pelas ruas e só entrando nas casas quando os moradores estavam fora. Evitava as noites, porque isso me tornava um cego, mais cego que eles mesmos.

– Então, ficou por lá muito tempo. O que fazia esse lugar valer a pena?

– Estava fugindo da polícia. Quem me procuraria naquele ermo? E acabei me divertindo com a situação. Desenvolvi a capacidade de me esconder dos outros sentidos. Tornei-me uma sombra. Fiquei mais ousado. Quando alguém retornava à casa enquanto eu ainda estava lá, eu não me apressava em fugir. Pelo contrário, divertia-me trocando de lugar as coisas de uso diário. Se uma senhora preparava chá, eu tirava a xícara do lugar para que ela entornasse a bebida sobre a mesa. Escondia-lhes os sapatos, virava-lhes as roupas do avesso nos cabides, trocava o sal e o açúcar de lugar. Pura diversão. E, ao contrário do que pensei de início, eles possuíam coisas que eu podia avaliar criteriosamente antes de me decidir se valia a pena furtar. Eu me tornei uma lenda.

Uma vez, permaneci no local até a chegada do delegado. Uma certa viúva, senhora Olívia, se bem me lembro, fez vir o homem da lei. Era um sujeito esguio, usava uma bengala com um belo castão de madrepérola. Vestia-se com certa dignidade, apesar de o terno já ter a gola um tanto puída.

Ele fez as perguntas de praxe. Havia desaparecido da casa um belo relógio cuco. Imaginei fazer bom dinheiro com ele num antiquário da capital. O delegado pôde verificar que na parede só restava o prego. E, ao fim da conversa, colocou a mão sobre o ombro da senhora e confessou sua incapacidade para prosseguir a investigação.

"Estou consternado pela sua perda. Mas sabe da minha limitação."

E, enquanto ele saía, a viúva murmurou:

"O ladrão poderia estar sentado numa das poltronas da minha sala de visitas e você não o encontraria."

Surpreendente, não? De fato, eu estava sentado no braço de uma das poltronas, próximo à porta. A frase segurou o homem. Ele girou a cabeça, como se me procurasse. Mas não respondeu, balançou a cabeça e saiu resignado.

"Seria necessário que o próprio ladrão lhe estendesse os braços. Você é um inútil, um incapaz", ficou repetindo a inconformada senhora, mesmo depois de ouvir a porta da casa bater.

Várias vezes vi chegar o delegado às casas onde eu fizera minhas visitas. Do meu posto de observação eu podia ouvir a lamúria da vítima e a impotente ladainha do homem da lei.

Até que um dia houve um alvoroço pela cidade. Anunciaram a chegada de um desses mágicos, diziam ser um sujeito capaz de realizar prodígios. Além disso, também era cego.

– Um ilusionista cego. Fazendo mágica para cegos? Você está inventando...

– É a minha história. Foi assim que aconteceu: foi montado um palco na praça central, funcionários da prefeitura saíram às esquinas convidando todo o povo e, à noite, lá estavam os cidadãos. Menos eu. Percebi que eu teria toda uma cidade para garimpar. Faria meu próprio número de desaparecimento. Enquanto todos saíam de casa para assistir ao fabuloso *show* do grande ilusionista, escolhi a dedo algumas casas e tirei muitos coelhos da cartola naquela noite. Na noite seguinte, fiz a mesma coisa. Mas no último dia fui pescado pela curiosidade, de tanto ouvir da boca dos cegos as coisas fantásticas que o ilusionista era capaz de realizar. Descreviam uma deusa que era a ajudante de palco, as trapalhadas do delegado – o pobre inútil –, o número dantesco da luta entre o ilusionista e uma colossal anaconda. Além do mais, eu estava pronto para tirar umas boas férias, pois era muito o que eu já tinha conseguido acumular. Quando cheguei à praça, sentei numa ponta do palco. E no momento em que os tambores anunciaram o astro da noite, fui surpreendido por uma figura um tanto bizarra, porém familiar, que usava fraque e uma indisfarçável barba postiça. Chamou ao palco sua *partner* e, nova surpresa, ninguém entrou, embora ele a descrevesse em detalhes, elogiando seus trajes, suas longas pernas e seus belos olhos. Eu me voltava à plateia e via milhares de rostos arrebatados. Pensei comigo que eu deveria estar louco, pois não conseguia ver nada do que o homem dizia, mas aquela gente toda acompanhava o número com movimentos de cabeça, com interjeições e silêncios que não deixavam dúvida sobre o que viam. Foi após o segundo número que ele chamou ao palco o delegado, e nova surpresa: o homem que eu conhecia não subiu ao palco, nem surgiu por detrás do pano da coxia. Percebi que, com muita habilidade, o ilusionista fazia a voz do delegado. Ou, como concluí logo em seguida, sob as vestes, a maquiagem e a barba postiça, era o delegado quem se fazia passar por ilusionista.

– O delegado estava enganando aquela gente toda? Com que propósito? – perguntou o assassino.

– E por que usaria maquiagem numa terra de cegos? – indagou outro encarcerado.

– Antes ninguém tivesse me falado sobre aquela infeliz

cidade. Pois, logo em seguida, eles combinaram um número que me assanhou: ele daria uma barra de ouro àquele que fosse capaz de descobrir como seria executado o próximo número. O mais espetacular e arriscado. E de dentro de um grande baú que ficava no palco ele retirou mesmo uma reluzente barra de ouro, que exibia à plateia enquanto dava voltas pelo palco.

"Mas isso é ouro de verdade?", perguntei em alta voz.

"Claro! É tudo o que amealhei durante uma vida inteira", respondeu o ilusionista.

Então, pensei: eu podia enxergar. Não seria difícil descobrir o que ele fazia. Em terra de cego, eu tinha dois olhos. E muita ambição.

"E como é o número?", insisti, demonstrando meu interesse.

Ele explicou que se tratava de um número de fuga. Algemada e acorrentada, a sua *partner* seria colocada num baú. Os tambores rufariam por um minuto. Então, gasolina seria jogada sobre o baú. Finalmente, o fogo consumiria o baú em pleno palco.

Atravessei sorrateiramente o palco enquanto ele explicava o número. Verifiquei o baú. E, claro, um fundo que se abria, permitindo a fuga através de um alçapão aberto no palco. Mas nem a moça existia! Voltei ao meu lugar e procurei saber, afinal, o que iria acontecer em seguida. E ele afirmou que além da moça reaparecer das cinzas, o seu tesouro seria transformado em centenas de surpresas para os moradores daquela cidade.

"Mas o que receberá a pessoa que adivinhar como o truque é feito?"

"Conforme prometi, aquele que descobrir fica com o meu tesouro", respondeu, erguendo novamente a barra de ouro.

A excitação da plateia era muito grande e eu lancei meu

desafio: "Eu tenho uma proposta. Quero ficar no lugar da sua *partner*!".

A multidão foi ao delírio com a minha ousadia. Eu me deliciava com a situação, pois estava certo de que ele não poderia aceitar. Eu sabia que seu número era um embuste, não ia acontecer nada no palco e ele seria desmascarado. Mas o ilusionista me surpreendeu.

"Um voluntário! Aproxime-se, meu rapaz. Este número é o mais perigoso de todo o meu repertório. Por isso, em vez de eu mesmo arriscar a pele, sempre uso minha *partner*. Sou um ilusionista, não um iludido!", brincou, divertindo a plateia. "Melhor ainda quando um homem corajoso se apresenta para evitar que nossa bela deusa corra algum risco. Seu desafio está aceito!"

A multidão aplaudiu. Quando eu me aproximei, ele tirou as algemas, sacudiu-as no ar e em seguida narrou:

"Vamos colocar em nosso voluntário estas algemas. Estenda o braço, rapaz. Isso! Delegado, por favor, verifique se as algemas estão bem trancadas", pediu o ilusionista a si mesmo. "Sim, asseguro que estão bem trancadas. E vou ficar com as chaves!", falava o delegado, assumindo sua personalidade. "Diga-lhes, por favor, rapaz, se você está algemado."

"Estou", respondi com desdém, pois tinha certeza de que o sujeito imaginava-me um cego como ele mesmo e devia crer que eu não sabia de seu pobre teatro.

"Mais alto, por favor", pediu, enquanto me empurrava pelo ombro, em direção ao baú.

"Estou! Estou algemado."

"Então, delegado, verifique se o baú é reforçado, se o fundo está bem pregado", pedia em voz de ilusionista, respondendo em seguida com voz de delegado: "Perfeitamente, é um baú de onde um homem não pode escapar, a não ser por mágica!".

Espanto na plateia. O som de tambores rufando encheu a praça de apreensão.

"Agora, ele entrará no baú. Por favor, corajoso voluntário."

Eu entrei no baú, onde permaneci de pé.

"E para mostrar que confio em meus poderes, colocarei nas mãos algemadas de nosso bravo voluntário o meu tesouro!", anunciou.

Fez isso e, com as mãos em meus ombros, forçou-me com gentileza a deitar no baú.

"Ele está se acomodando, de modo que eu possa fechar a tampa. Cuidado com a cabeça. Ótimo. Diga à plateia, meu caro senhor, você está dentro do baú?"

"Estou!", berrei, acariciando com as mãos algemadas a barra de ouro.

"Então, delegado, faça a sua parte: coloque o cadeado no trinco. Eu não gostaria que esse voluntário saísse correndo por aí com meu tesouro nas mãos!", brincou, enquanto ele próprio fechava o trinco com o cadeado.

Nesse instante, senti que o baú começou a girar e a ser arrastado, fugindo do ponto onde estava o alçapão de fuga. E pela primeira vez senti que tinha perdido o controle da situação. No escuro do baú, não enxergava nada. Só ouvia, como todos na multidão, a narrativa do ilusionista. Primeiro, a entrada de sua bela *partner* com a gasolina. E senti o cheiro do líquido sendo jogado sobre o baú. Boa quantidade vazou por entre as emendas da madeira e começou a me encharcar. Desconfiado daquilo tudo, forcei a tampa, mas a grande caixa era de fato reforçada, como garantira o delegado. Gritei como pude ali dentro, mas só consegui aumentar a agitação do público, porque o ilusionista narrava meu desespero, até repetia minhas palavras. Então, o baú voltou a se mover, o cadeado foi aberto e alguém me levantou, me segurando pela gola da camisa.

"O senhor está preso por furtar os moradores desta vila", anunciou o delegado, cara a cara comigo. "Devolva o queijo, senhor rato", disse, tirando-me o ouro das mãos.

Eu não consegui dizer uma só palavra. Dois guardas me ergueram pelos braços.

"Gostou do meu *show*? Tudo montado especialmente pra você. Sou cego e jamais o alcançaria. A não ser que você estendesse os braços para que eu lhe colocasse as algemas, como sugeriu certa vez uma senhora... Bom, com certeza você estava lá e deliciou-se com minha humilhação, não foi?"

– Você está inventando! Ninguém seria pego por um delegado cego numa cidade de cegos! – duvidou o assassino.

– É a minha história.

– E esse tal delegado?

– Não disse nada à plateia sobre a prisão. O número prosseguiu. Na mente deles tudo aconteceu de modo muito fabuloso. Mas atrás das cortinas o delegado, com um fósforo aceso, me obrigou a dizer onde estava tudo o que eu tinha roubado naqueles longos e lucrativos dias na cidade. Dessa forma, o ilusionista cumpriu a promessa de multiplicar o tesouro, fazendo ressurgir na casa de cada vítima o objeto que lhe fora roubado. Claro, tornou-se visita sempre aguardada em novas temporadas. E do misterioso ladrão da cidade dos cegos ninguém ouviu falar mais.

Gleida Furtado

Sobre o autor

Certa vez fui convidado a conversar com alunos de uma escola, durante uma feira de livros. Eu estava em um salão com bancas montadas quando um menino entrou. Acreditando estar sozinho, ele começou a fazer uma coisa muito engraçada: abria um livro e cheirava suas páginas. Pegava outro, fazia a mesma coisa. Livros para cheirar! Como separar os livros de nossos sentidos e sentimentos? A boneca Emília já havia até sugerido a criação de livros para comer...

Sempre gostei de ler. Por sorte, nasci em uma casa que tinha uma grande biblioteca. Também gosto muito de ouvir casos, e daí passei a gostar de contar histórias.

Desde criança sinto necessidade de escrever para explicar ao mundo os sentimentos e as ideias que nascem, por qualquer provocação, em minha cachola. Por exemplo: eu tinha uns nove anos quando ganhei um jogo de xadrez, mas jogar não era suficiente. Eu queria falar de um milhão de imagens que uma simples partida fazia nascer em minha cabeça. E nem virei enxadrista!

Mágica para cegos nasceu de uma maneira incomum, pois primeiro veio o título. Fiquei filosofando sobre o que ele poderia significar e como seria, literalmente, fazer mágica para cegos. Então, na minha cabeça se formou a imagem de uma cidade em que todos os moradores eram cegos. Tão cegos quanto nós, que não conseguimos enxergar à nossa volta a beleza da existência, que em muitos casos está no ato de se colocar no lugar do outro, em ver o mundo com outros olhos. Foi também por isso que resolvi escrever as histórias com seus espelhos, contracontos, outros pontos de vista. Pois nas mágicas há o que vemos... e o que o ilusionista faz.

Marco Túlio Costa

Sobre o ilustrador

Desde muito pequeno, desenhar para mim é um jogo, que com o tempo virou *hobby* e profissão.

Meus desenhos representam as minhas experiências cotidianas.

No começo, eles eram abstratos, manifestavam o desejo de expressar alguma sensação, a vontade de materializar ideias a partir de rabiscos. Hoje tento produzir imagens cada vez mais impactantes.

Procuro incorporar minha vida ao meu trabalho, criando minhas ilustrações a partir das viagens, das festas, das conversas, dos sonhos...

Omar Sánchez